Conseil Municipal de NEUILLY-SUR-SEINE

# PROJET
# DE LYCÉE

## RAPPORT

Présenté par M. MAGÈS, Conseiller municipal

IMPRIMERIE ADMINISTRATIVE LUCIEN LÉVY
2, Rue Lejemptel, Vincennes

1893

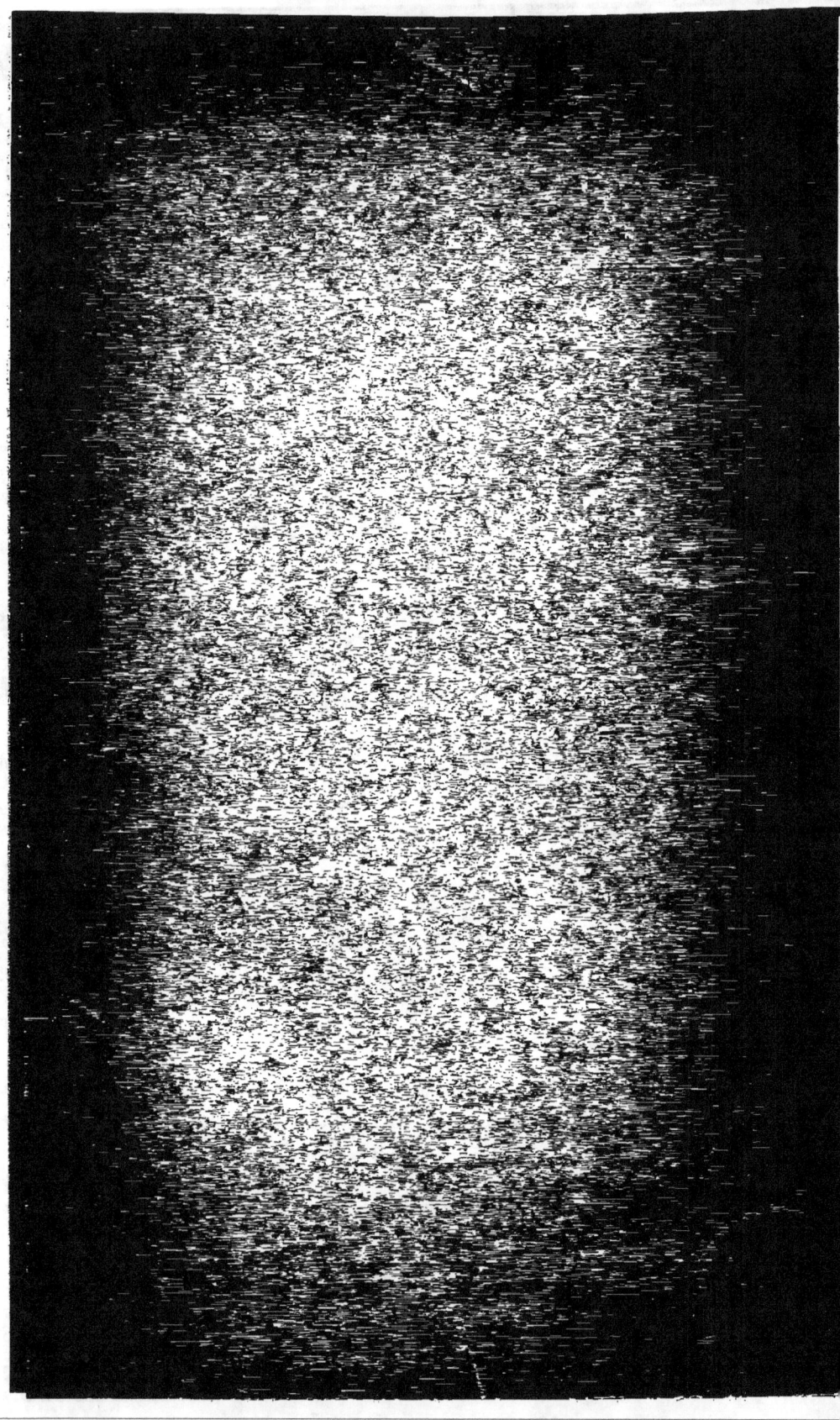

# PROJET

## DE

## LYCÉE A NEUILLY-SUR-SEINE

# Conseil Municipal de NEUILLY - SUR - SEINE

# PROJET

# DE LYCÉE

## RAPPORT

Présenté par M. MAGÈS, Conseiller municipal

Imprimerie Administrative Lucien Lévy

2, Rue Lejemptel, Vincennes

—

1893

# RAPPORT

Présenté par M. MAGÈS, Conseiller Municipal

MEMBRE DE LA SOUS-COMMISSION

*A la Commission du Lycée, le 9 Novembre 1893*

MESSIEURS,

Dans une réunion qui a eu lieu le 20 mai dernier, les commissions du Budget et des Travaux, réunies sous le nomde commission du Lycée, ont nommé une sous commission chargée d'examiner toutes les questions relatives à l'établissement d'un Lycée à Neuilly-sur-Seine.

C'est le résultat des travaux de cette sous-commission que nous avons l'honneur de vous exposer.

Mais avant d'aborder en détail toutes les raisons qui militent en faveur de Neuilly-sur-Seine pour en faire le lieu d'emplacement d'un Lycée, il convient de les présenter méthodiquement; nous avons donc divisé notre travail de la façon suivante :

1º Neuilly a-t-il besoin d'un Lycée, et les conditions nécessaires pour son établissement peuvent-elles s'y rencontrer ?

2º Sous quelle forme l'enseignement y sera-t-il donné ?

3º Quelles seraient les conditions matérielles d'établissement de ce Lycée et quel sacrifice la ville de Neuilly peut-elle faire pour la réalisation de ce projet ?

Nous diviserons ces questions en autant de chapitres.

# CHAPITRE PREMIER

## La population de Neuilly

Neuilly a-t-il besoin d'un Lycée?

La population de Neuilly qui était en 1866 de 16,475 habitants, en 1875 de 19,333 s'élève d'après le dernier recensement de 1891 à 27, 351 habitants. On voit que la progression est rapide et considérable ; toutes les conditions se réunissent en effet pour la favoriser.

Outre l'immense étendue de son territoire qui est de 652 hectares environ, et sur lequel se trouvent encore de nombreux terrains à bâtir, Neuilly se trouve, au point de vue de la salubrité, l'une des communes suburbaines les plus favorisées, et, pour cette raison, recherchée de plus en plus par les classes aisées de la population. De nombreuses constructions s'y élèvent journellement, offrant des logements vastes et aérés à des prix moindres qu'à Paris.

## Salubrité de la situation

La proximité du Bois de Boulogne, le quartier de Saint-James avec ses grands jardins, à l'ouest la Seine et les îles, au nord le Parc de Neuilly et ses larges avenues, sont autant de réservoirs d'air pur assurant à la ville des conditions hygiéniques de premier ordre, et ce, pendant longtemps encore, en raison des servitudes imposées aux quartiers Saint-James et du Parc.

Lors de la dernière épidémie cholériforme, le chiffre des décès pouvant y être attribué n'atteint pas un pour mille habitants.

Les facilités de communication seules sont, pour certains quartiers du moins, encore insuffisantes. Nous pouvons espérer dans un avenir prochain qu'il y sera remédié.

## Composition de la population

La population de Neuilly se compose surtout (en outre des commerçants de la ville même), de rentiers, négociants, industriels et employés. Le plus grand nombre part le matin à Paris et en revient le soir après les affaires.

Certaines industries y sont assez prospères, comme la parfumerie, la tapisserie, mais elles n'ont pas, eu égard au chiffre de la population et au territoire, une importance prépondérante pouvant devenir nuisible.

Les quartiers du Parc et de Saint-James ainsi que le boulevard Maillot et la rue Charles-Laffitte couvrant environ les deux tiers du territoire sont soumis, du reste, à des servitudes prohibant la création d'établissements industriels.

Neuilly est donc forcément appelé, par la composition des familles qui l'habitent, à fournir à un Lycée une population scolaire importante qui s'accroîtrait certainement de l'appoint que pourraient aussi fournir les communes limitrophes : Levallois-Perret, Courbevoie et Puteaux qui représentent un chiffre considérable de population (80,000 habitants environ).

## Eloignement des établissements d'instruction secondaire

Par contre, Neuilly se trouve éloigné de tout établissement d'enseignement secondaire, et c'est à grand'peine que les parents peuvent envoyer leurs enfants aux Lycées les plus proches, comme Condorcet ou Janson de Sailly, en qualité de demi-pensionnaires ou d'externes.

Pour aller à Condorcet, il faut prendre le chemin de fer : de là une impossibilité pour les jeunes enfants et une grande perte de temps pour ceux plus âgés qui peuvent encore s'y rendre; mais il faut alors compter sur les dangers que peuvent entraîner à tout âge le manque de surveillance et une trop grande liberté.

Quant au Lycée Janson de Sailly, son chiffre d'élèves a dépassé toutes les prévisions et ne peut plus s'accroître sans qu'il en résulte de graves inconvénients qui existent déjà en partie. Il est éloigné de trois kilomètres du centre de Neuilly ; on n'y peut mener les jeunes enfants en toute saison à pied; il n'existe aucun moyen de communication directe, et si le demi-pensionnat y est difficile, l'externat y est impraticable.

Or, l'internat ne compte plus, avec raison, que de rares partisans, recrutés surtout parmi les familles que l'éloignement force à en accepter les dures conditions.

Neuilly, au point de vue de l'instruction secondaire, se trouve donc dans une situation des plus défavorables, et tous nos efforts doivent tendre à ce que la création d'un Lycée vienne le rendre habitable sous ce rapport.

## Sacrifices faits par la Ville pour l'instruction primaire.

L'instruction primaire y a été, au contraire, développée sur de larges bases, et la commune n'a reculé devant aucun sacrifice pour arriver aux résultats obtenus aujourd'hui. Si nous le rappelons ici avec une certaine fierté, cela ne peut nous empêcher de comparer la part légitime accordée à l'instruction primaire avec celle tout au moins équitable qui reste à faire en faveur de l'enseignement secondaire jusqu'ici délaissé.

La population scolaire des écoles communales progresse constamment; elle est actuellement (1er novembre 1893) d'environ 1,490 enfants, y compris les écoles maternelles. (Les écoles libres primaires en ont près de 1,000.)

Les dépenses faites par la Ville pour les écoles communales se sont soldées, en 1892, par 98,322 fr. 79 c. Elles sont prévues, en 1893, pour 105,490 fr. 50 c., et, en 1894, pour 111,440 fr. 50 c. Elles atteignent au total, pour les 12 dernières années, le chiffre de 1,555,375 fr. 86 c.

Elles vont s'augmenter encore, pour 1894, des frais d'établissement des cours complémentaires (4,000 fr. environ).

Le tableau graphique ci-joint (pièce annexe n° 1) donne, au reste, la situation au 31 juillet 1892, tant des établissements communaux que des établissements de toute nature. On y verra la part minime de l'instruction secondaire.

La création d'un Lycée à Neuilly ne pourrait donc nuire aux établissements déjà existants; ils recevraient, au contraire, un nombre plus considérable d'élèves destinés à suivre les classes du Lycée en qualité d'externes.

### Bourses à créer au Lycée.

D'autre part, il y aurait à donner satisfaction à la population ouvrière, qui envoie ses enfants à l'école primaire, en créant à la charge de la commune un certain nombre de bourses mises au concours chaque année. Les premiers sujets de l'école primaire auraient ainsi la faculté de poursuivre leurs études au Lycée, et nous ne doutons pas du bon accueil que cette mesure rencontrerait dans la population.

## CHAPITRE II

L'organisation de cet enseignement procède :

1º Des traditions universitaires;

2º Des nouveaux besoins créés par les modifications sociales en général, et de ceux résultant de la situation locale du Lycée, soit :

>Enseignement classique;
>Enseignement moderne;
>Enseignement mixte.

### Enseignement classique.

L'enseignement classique a pour lui, à juste titre, la consécration du temps et son rôle d'éducateur moral. Beaucoup de familles y restent attachées. Il fournit à l'ensemble des carrières libérales un appoint toujours renouvelé d'intelligences d'élite. Dans l'ordre littéraire et dans tout ce qui en dépend, c'est à cet enseignement que la France doit le rang qu'elle occupe dans le monde savant et artistique. C'est à lui que nous devons ces écrivains, ces peintres, ces sculpteurs dont les œuvres vont au loin propager notre goût, nos idées, en un mot l'influence française.

Cet enseignement aura donc au Lycée de Neuilly la part qu'il mérite.

### Enseignement moderne.

A côté de ces méthodes classiques, les conditions sociales nouvelles ont exigé des modifications dans un sens plus utilitaire. L'expansion coloniale de jour en

jour plus développée, la nécessité de régénérer ou perfec-
tionner notre agriculture, le développement rapide des
progrès scientifiques, la lutte internationale à soutenir au
point de vue de la concurrence industrielle et commer-
ciale, toutes ces raisons ont motivé et motiveront de plus
en plus la nécessité de ce nouvel enseignement dit
*moderne*. Les langues vivantes, à l'exclusion des langues
mortes, et les sciences exactes, en forment la base. C'est
par cet enseignement que les jeunes générations seront
à même de maintenir la situation agricole et industrielle
de notre pays. C'est donc avec une juste entente des
besoins nouveaux que cet enseignement a été créé et que
beaucoup de familles y ont dirigé leurs enfants.

La commune de Neuilly verrait donc avec grand
intérêt la création au Lycée de cet enseignement
moderne.

### Enseignement mixte.

Ce troisième enseignement, encore à créer, aurait un
but qui serait celui-ci : Attirer dans le Lycée les enfants
de familles étrangères, disposées à une assimilation française; modifier alors les parties diverses de cet enseignement qui procèderait des deux précédents, mais en
l'appropriant à des étrangers; apporter dans ce sens des
innovations partielles et graduellement introduites, de
façon à rendre accessibles à un moment donné à ces élèves
nos classes exclusivement nationales.

La commune de Neuilly peut être, à ce point de vue,
considérée comme le centre le plus favorable à une
création de ce genre. Le nombre y est fort grand des
familles de nationalité étrangère qui y sont attirées par
l'agrément et la salubrité de son séjour.

Il y aurait donc, de ce côté, un succès que l'on peut

affirmer sans crainte et d'où pourrait résulter un grand mouvement de progrès dans l'ensemble de nos établissements universitaires.

C'est à la commission compétente dont nous parlerons ci-après, qu'il appartiendra de faire la part morale et matérielle de ce dernier groupe et de constituer cet enseignement mixte.

L'idée première nous a été émise par M. Gréard, recteur de l'Académie de Paris, et c'est à ses indications nettes et précises que nous devons d'en avoir compris toute l'importance.

Reste la question de l'internat ou du demi-pensionnat et de l'externat.

Nous avouons, à cet égard, toutes nos préférences pour la demi-pension et l'externat.

### Avantages du Demi-Pensionnat et de l'Externat.

On a reconnu que malgré toute la sollicitude des maîtres pour leurs élèves, la tutelle morale des parents est encore ce qu'il y a de préférable, et le succès des Lycées d'externes ou demi-pensionnaires a confirmé cette opinion.

Nous sommes pénétrés de cette conviction que le personnel enseignant, dégagé d'une grande part de responsabilité matérielle et morale, peut avec plus de fruit se consacrer tout entier à sa tâche pédagogique. L'enseignement s'en trouve en quelque sorte idéalisé, au grand profit de l'élève et du maître. L'enfant constamment en contact avec la famille, peut y être dans le jeune âge l'objet de soins quotidiens et maternels que l'internat supprime; les parents surveillent mieux chaque jour le travail de l'enfant, et sont ainsi pour le professeur des aides efficaces dans les progrès à exiger du travail et de l'intelligence de l'élève.

Cet enfant initié à tous les évènements de la vie de famille, joies ou chagrins, y participe de plus en plus au fur et à mesure que ses facultés s'éveillent; il sent mieux l'affection qui l'entoure, les sacrifices souvent faits pour lui, et acquiert inconsciemment un peu de cette expérience dont il aura besoin plus tard.

La liberté de conscience s'y trouve aussi respectée de la façon la plus large et l'autorité paternelle reçoit de ce fait entière satisfaction pour ses exigences les plus légitimes.

En outre des avantages moraux que nous venons d'énoncer, le demi-pensionnat et l'externat ont aussi pour notre futur Lycée de grands avantages matériels.

La suppression de l'internat fait ressortir pour les frais de premier établiesement une économie considérable.

Ainsi, pas de dortoirs ni de literie, pas d'infirmerie, une petite pharmacie pouvant y suppléer avec deux ou trois lits, un réfectoire pour les demi-pensionnaires seulement, un économat restreint, des magasins de moindre importance et conséquemment un personnel bien moins nombreux à loger et à rétribuer.

Le Lycée de Neuilly devrait donc être un Lycée destiné exclusivement à des demi-pensionnaires et à des externes.

## CHAPITRE III

QUELLES SERAIENT LES CONDITIONS MATÉRIELLES D'ÉTABLISSE-
MENT DE CE LYCÉE ET QUEL SACRIFICE LA VILLE DE NEUILLY
PEUT-ELLE FAIRE POUR LA RÉALISATION DE CE PROJET ?

### Démarches déjà faites

Des différentes démarches faites par la municipalité et
les membres de la sous-commission, d'abord auprès de
M. le Ministre de l'Instruction publique, depuis un an,
puis successivement auprès de M. Rabier, directeur de
l'enseignement secondaire et de M. Gréard, recteur de
l'Académie de Paris, il ressort :

1º Que tout en étant des plus favorables à la création
d'un Lycée à Neuilly, l'Etat et le ministère de l'Instruction publique ne peuvent eux-mêmes se charger des frais
d'établissement de ce Lycée avec une simple subvention
de la Ville; subvention de 2 ou 300,000 francs ainsi qu'il
avait d'abord été proposé.

2º Que pour témoigner son désir de concourir à titre
gracieux aux frais d'établissement de ce Lycée, l'Etat
supporterait la moitié de la dépense, estimée, pour un
Lycée de 800 élèves, à deux millions. L'Etat donnerait
donc un million.

### Offres de l'Etat

Etant donné ce chiffre de deux millions, maximum
nécessaire, l'Etat verserait le million formant sa part en
plusieurs annuités dont le nombre n'a pu nous être fixé.
La ville aurait à en faire l'avance.

Le terrain serait acheté par la ville et agréé par l'Etat.

Les constructions élevées également par la ville sous le contrôle de l'Etat seraient conformes aux règlements en usage. Mêmes conditions pour le matériel.

Ce Lycée, une fois installé, serait remis par la commune à l'Etat qui en prendrait possession et se chargerait alors de tous frais relatifs à son fonctionnement, la commune ne resterait chargée que des frais de grosses réparations aux bâtiments.

Mais terrain, construction et matériel n'en demeureraient pas moins la propriété exclusive de la ville. En sorte que le rôle de l'Etat peut être assimilé à celui de l'usufruitier et celui de la commune au rôle d'un nu-propriétaire.

Telles sont, Messieurs, les déclarations qui nous ont été faites.

Nous avons dans cette hypothèse à examiner d'abord de façon sommaire la décomposition de ladite somme de deux millions, et ensuite les moyens d'arriver à une combinaison financière qui, sans création d'impôts, nous procure les ressources nécessaires pour atteindre le résultat.

En ce qui concerne la dépense à prévoir, nous pensons que le chiffre des élèves étant de 800 et la proportion ordinaire des demi-pensionnaires aux externes étant de 1 à 3, il y aura à prévoir :

270 demi-pensionnaires ;
530 externes ;

____

800 (au maximum 850).

Ce nombre nécessite 24 classes (voir annexe n° 2) et nous parlons au point de vue pédagogique seulement, ne pouvant entrer ici dans le détail d'exécution matérielle de

constructions que nous nous contenterons d'évaluer à un
million. . . . . . . . . . . . . . . .     1 000.000
Réservant pour le terrain. . . . . . . .      800.000 (1)
—      pour matériel . . . . . . . .      170 000
—      pour imprévu . . . . . . . . . . .      30.000
               (voir annexe n° 3)
               Total . . . . . . .     2.000.000

# SITUATION FINANCIÈRE

Il nous restait à examiner la situation financière de la
ville afin de voir, si, sans création d'impôts, elle ne nous
permettait pas de trouver une combinaison financière
destinée à faire face à cette dépense qui se résume à :
1° avancer un million remboursable par l'Etat en plusieurs
annuités qui restent à fixer ; 2° trouver sur nos propres
ressources communales, le deuxième million ou tout au
moins partie de ce deuxième million ; en présence en effet,
du sacrifice que ferait la ville de Neuilly, tout nous porte
à croire que le département de la Seine et par suite, le
Conseil général et même le Conseil municipal de Paris,
nous fourniraient une subvention qui allégerait d'autant
les charges que la ville de Neuilly s'imposerait et nous
en expliquerons plus loin les raisons.

---

(1) Il n'est ici donné que des chiffres éventuels pour le terrain et
les constructions ; le prix du terrain pouvant, suivant nous, être rai-
sonnablement inférieur et donner conséquemment plus de fonds dis-
ponibles pour les bâtiments.

Prenant la situation au 31 juillet 1893, nous voyons que la ville de Neuilly ne se trouve plus qu'en face de trois emprunts :

## Emprunts faits, restes à payer

Le premier de 340,000 francs dû à la Caisse des dépôts et consignations (loi du 7 juin 1881) qui sera amorti le 5 novembre 1896 et sur lequel il reste à payer à cette date en capital . . . . . . . . . . . 40.454 »

(Au taux de 4 o[o )

Le deuxième de 1,000,000 à la Compagnie d'assurances générales sur la vie (loi du 7 juin 1881) qui sera amorti le 31 décembre 1910 et sur lequel il reste à rembourser en capital . . . . . . . . . . 742.225 23

(Au taux de 4.40 o[o et 2 o[o en cas d'anticipation de paiement.)

Le troisième de 232,500 francs à la Caisse des Lycées, Collèges et Ecoles (loi du 11 juin 1882) qui sera amorti le 5 octobre 1913 et sur lequel il reste à rembourser en capital . . . . . . . . . . . . 158.875 »

En sorte qu'au 31 juillet 1893, il reste dû en capital un total de. . . . . . . . 941.554 23

Les deux premiers emprunts sont gagés sur l'imposition extraordinaire de 0 fr. 20 prorogés par la loi du 7 juin 1881 jusqu'en 1910.

Le dernier sur une imposition extraordinaire de 2 cen-

times 1|2 pendant 3o ans à dater de 1883 et allant par
conséquent jusqu'en 1913 inclus.

Le service de ces emprunts exige annuellement

| | | | |
|---|---|---|---|
| Pour l'emprunt de | 34o,ooo fr. | 12.535 | 18 |
| — — | 1.000.000 | 61.035 | 70 |
| — — | 232.500 | 9.300 | » |
| Soit au total . . . . | | 82.870 | 88 |

En présence de cette situation et ne voulant pas
augmenter les charges actuelles, nous avons été, après de
longues recherches, amenés à vous exposer la combinaison suivante basée sur une conversion de partie de
notre dette et ensuite sur une prorogation des 20 centimes
additionnels votés jusqu'en 1910 par la loi du 7 juin 1881
et qui gagent déjà l'emprunt ci-dessus de 1,000,000.

Cette solution que vous aurez à examiner, nous a été
suggérée par un exemple d'une analogie frappante ; cet
exemple est celui de la ville de Perpignan. Vous trouverez,
Messieurs, dans une note ci-jointe (annexe n° 4) l'exposé
détaillé de ce que cette ville a pu faire en semblable cir-
constance et par ces moyens.

Vous verrez en le lisant, comment, d'une situation
embrouillée et onéreuse au point d'avoir mis en péril la
caisse municipale de Perpignan, cette ville a pu, par suite
de l'abaissement actuel du taux de l'intérêt, arriver à se
procurer de nouvelles ressources sans augmenter les
charges annuelles de la population.

Revenant à la situation financière de Neuilly, vous
constaterez que le seul emprunt convertissable est celui
de 1,000,000 sur lequel il reste encore dû en capital
742,225 fr. 23, et qui est au taux de 4.40 o/o, amortissement compris.

En effet, le premier emprunt de 340,000 francs s'éteignant en 1896 le 5 octobre, c'est-à-dire dans trois ans, ne permettrait pas à une conversion de donner un bénéfice, en raison du peu de temps qui reste encore à courir.

Et le troisième emprunt, celui de 232,560 francs, dû à la Caisse des Ecoles est à un taux tellement minimé que nous n'avons pas à nous en occuper. Il est du reste gagé sur d'autres centimes et complètement à part.

Prenant donc pour base la conversion du solde encore dû sur l'emprunt de 1,000,000 francs, soit 742,225 fr. 23. Voyons quelle est la somme réelle qu'il nous faut pour le Lycée, mais avant d'entrer dans ce détail, il nous faut pour cela résoudre la question suivante : Quelle sera la subvention du Conseil général ?

Nous estimons, messieurs, qu'elle doit être de 300,000 francs. Tout nous invite à accumuler nos efforts en ce sens, et par nos démarches collectives et par tous les moyens possibles nous devons arriver à démontrer ce qui est l'évidence même, c'est-à-dirs l'intérêt majeur que le département de la Seine doit avoir à la création d'un Lycée dans la région suburbaine ouest, dont Neuilly est le centre, et qui deviendrait de suite un bienfait pour les communes de Puteaux, Suresnes, Courbevoie et Levallois-Perret tout à fait déséritées sous ce rapport, *et le Département suivra, nous en sommes certains, le généreux exemple donné par l'Etat.*

Nous ne sommes donc suspects d'aucun optimisme en estimant que le département de la Seine, ou plutôt le Conseil général, fera droit à notre demande; mais, nous le répétons, c'est à nous à travailler de toute façon pour l'obtenir.

Pourrons-nous compter sur d'autres concours? Oui;

sans doute, et nous nous y emploierons aussi ; mais, pour le moment, afin de ne point créer de surprises, n'établissons nos chiffres que sur la subvention du Conseil général.

Nous occupant donc exclusivement :

1° De la conversion et de la prorogation du solde encore dû sur l'emprunt de 1,000,000, et 2° des annuités créées par la somme à trouver pour compléter les ressources destinées au Lycée (déduction faite des 300,000 fr. de subvention du département,

Nous trouvons : solde dû sur l'emprunt de 1,000,000. . . . . . . . . . . . .F.    742.225 23

Somme à la charge de la Commune pour compléter le premier million nécessaire au Lycée . . . . . . . . . . . .    707.774 77
_____

Nous trouvons au total. . . . .    1.450.000 00

Or, l'annuité de cette somme empruntée à *4 o/o, amortissement* compris, est *pour 40 ans,* de . . . . . . . . . . . . . .    73.258 35

L'emprunt de 1,000,000 tel qu'il existe aujourd'hui exige une annuité de. . . . .    61.035 70
_____

L'augmentation annuelle n'est donc que de. . . . . . . . . . . . . . . . . .    12.222 65

ce qui n'exige la création d'aucun centime en plus des 20 centimes sur lesquels est gagé notre emprunt de 1,000,000.

Et il importe ici de vous faire remarquer, Messieurs, qu'à partir du 5 octobre 1896, l'emprunt de 340,000 fr. gagé aussi sur les mêmes 20 centimes, sera amorti et rendra libre l'annuité de 12,535 fr. 70 c. qui en est la conséquence, ce qui vient, au bout de trois ans, balancer et au-delà l'excédent de 12,222 fr. 65 c. que nous avons relevé ci-dessus.

Il y a bien dans l'emprunt de 1,000,000 une stipulation de 2 o/o en cas de paiement par anticipation qui, pour le capital encore dû, représente pour l'emprunt de 1,000,000 une somme de 14,844 fr. 50 c.; mais si nous avions à traiter avec le même prêteur, ce qui est probable, cette somme ne serait vraisemblablement pas exigée.

Voici donc pour le chiffre de 1,000,000, versé par la commune de Neuilly. Reste la somme de 1,000,000 représentant la part promise par l'Etat dans la dépense totale de deux millions. Ici nous ne pensons pas être loin de la vérité en faisant une prévision de cinq annuités, savoir 200,000 francs versables la première année, 200,000 francs la deuxième et ainsi de suite jusqu'à la cinquième et dernière.

Les intérêts de cette somme à 4 o/o seraient donc, pour

La 2e année de 32.000, représentant les 800.000 fr. de surplus.
La 3e — 24.000, — 600.000 —
La 4e — 16.000, — 400.000 —
La 5e — 8.000, — 200.000 —

Et ceci en admettant que les besoins de l'entreprise nécessitent pour nous une avance immédiate de la totalité de la somme, circonstances tout à fait improbables ; de ce fait il y a donc lieu de tenir compte d'une diminution des sommes d'intérêts ci-dessus établies.

Nous n'avons pas ici à faire de calculs pour l'amortissement, le remboursement des annuités par l'Etat en tenant lieu.

En sorte que notre service d'annuités seraient, pour les cinq premières années :

1894 Première année, service de l'emprunt de
     340,000 francs. . . . . . . . . . . . . . .     12.535 18
     Service de l'emprunt de 145,000 francs . . .     73.258 35
     Intérêts des sommes encore à verser par
     l'Etat et avancées par la ville. . . . . . .     32.000 »
                                                     _____
                                                     117.793 53

1895 Même chiffre moins 8,000 francs à déduire de
     la 3ᵉ somme . . . . . . . . . . . . . .     109.793 53
1896 Même chiffre et même observation . . . . .     101.793 53
1897 Diminution de la somme de 8,000 francs et de
     celle de 12,535 francs par suite de l'amor-
     tissement en 1896 de l'emprunt de 340,000fr.     81.258 3
1898 Et années suivantes, même somme diminuée
     de 8,000 francs . . . . . . . . . . . . .     73.258 35

De plus, il faut noter qu'au cas probable où l'Etat donnerait ce million de suite, ces charges disparaîtraient. [1]

Tels sont, Messieurs, les principes généraux de l'opération que nous avons l'honneur de vous exposer. Seule, elle peut permettre de mener à bien l'œuvre tant désirée

_____

[1] Du travail auquel nous nous sommes livrés, il résulte que l'ensemble des charges telles que les quatre contributions, taxes municipales de toutes natures, etc., s'élève au chiffre d'environ 2,015,397 fr. 82, ce qui, par rapport au nombre de 27,351 habitants, représente par tête 73 fr. 686.

Donc, en évaluant au chiffre modeste de 1,000 habitants l'augmentation probable de population attirée par le Lycée, l'augmentation de ressources serait de 73,686 francs la majeure partie revenant à la commune, diminuerait d'autant les charges de l'annuité ci-dessus.

par la population et qui serait pour notre ville une source de prospérité et de richesse.

A nous d'examiner l'avenir et de voir si, en présence du précieux concours de l'état qui nous est actuellement acquis, nous ne devons pas au prix de quelques sacrifices, saisir l'occasion qui nous est offerte d'un million qui peut nous échapper demain. Voyez, eu égard à ces sacrifices, combien seront favorables pour la ville et conséquemment pour les habitants les résultats de l'augmentation de la population attirée par le Lycée.

Nous n'avons pas voulu entrer dans plus de détails, surtout au sujet de l'organisation matérielle et intérieure du Lycée projeté ; mais nous pensons que toutes ces questions seront confiées à une commission où l'Etat admettra plusieurs d'entre nous, afin d'avoir tous les renseignements utiles au point de vue local.

Les questions pédagogiques, les questions de construction et d'hygiène seront du ressort de cette commission, surtout des membres désignés par l'Etat et dont la compétence et l'expérience seront de sûrs garants d'une installation résumant tous les progrès accomplis.

Il faudrait, à notre avis, que l'ensemble des constructions soit disposé de façon à faciliter des additions probablement nécessaires dans l'avenir. Peut-être la ville pourrait-elle aussi faire le sacrifice des droits d'octroi à l'entrée des matériaux ?

Enfin, Messieurs, c'est à la Commission compétente du Conseil municipal qu'il appartiendra de se livrer dès aujourd'hui à un examen approfondi de la question financière qui n'est qu'ébauchée ; mais tous, en présence de l'œuvre à accomplir et de son importance, en présence du concours de l'Etat, devant la responsabilité que nous aurions à encourir, si nous ne faisions pas tous nos efforts pour mener cette œuvre à bien, nous ne devons Messieurs que nous hâter, passer de la discussion à l'action, regarder le but et l'atteindre.

**MAGÈS,**

Conseiller municipal

# ANNEXES

ANNEXE N° 1

## TABLEAU GRAPHIQUE DE L'ENSEIGNEMENT PRIMAIRE ET SECONDAIRE
### à Neuilly - sur - Seine

SITUATION AU 31 JUILLET 1892

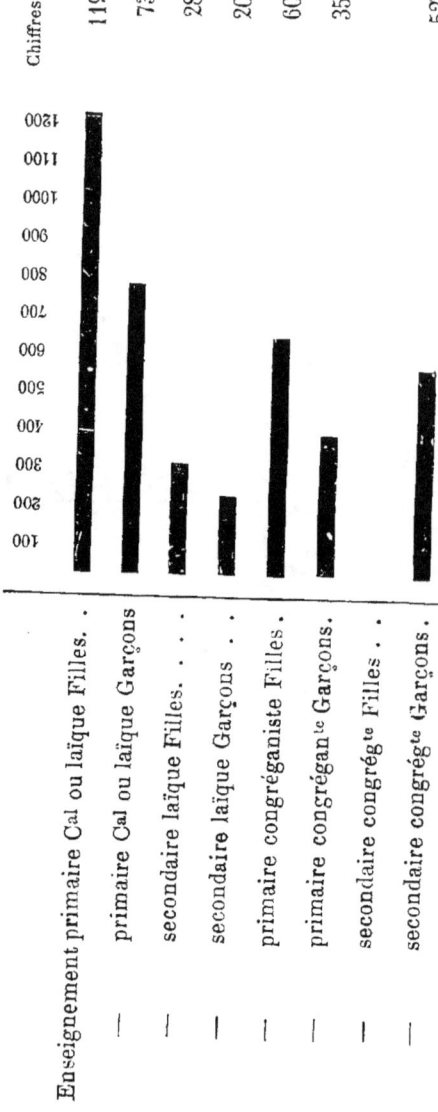

| | Chiffres totaux |
|---|---|
| Enseignement primaire Cal ou laïque Filles . . | 1195 |
| — primaire Cal ou laïque Garçons | 732 |
| — secondaire laïque Filles. . . . | 283 |
| — secondaire laïque Garçons . . | 205 |
| — primaire congréganiste Filles . | 603 |
| — primaire congréganʳᵉ Garçons. | 350 |
| — secondaire congrégᵗᵉ Filles . . | |
| — secondaire congrégᵗᵉ Garçons . | 520 |

## ANNEXE No 2

### Liste des Classes nécessitées par un Lycée de 800 à 850 élèves

| | | | | Nombre de Classes | Chiffre d'Elèves |
|---|---|---|---|---|---|
| **Petits** | 9e à partir de 8 ans . . . . . . . . | | | 2 | 80 |
| | 8e — 9 ans . . . . . . . . . | | | 2 | 80 |
| | 7e — 10 ans . . . . . . . . . | | | 2 | 80 |
| **Moyens** | Division de Grammaire | 6e 11 ans . . . . . | | 1 | 40 |
| | | 5e 12 ans . . . . . | | 1 | 40 |
| | | 4e 13 ans . . . . . | | 1 | 40 |
| | Enseignement moderne | 6e 11 ans . . . . . | | 1 | 40 |
| | | 5e 12 ans . . . . . | | 1 | 40 |
| | | 4e 13 ans . . . . . | | 1 | 40 |
| **Grands** | Division de Grammaire | 3e 14 ans . . . . . | | 1 | 40 |
| | | 2e 15 ans . . . . . | | 1 | 40 |
| | | Rhétorique, 16 ans | | 1 | 40 |
| | | Philosophie, 17 ans | | 1 | 40 |
| | Enseignement moderne | 3e 14 ans . . . . . | | 1 | 40 |
| | | 2e 15 ans . . . . . | | 1 | 40 |
| | | 1re 16 ans . . . . | | 1 | 40 |
| Enseignement mixte . . . . . . . . . . . . . | | | | 1 | 40 |
| Mathématiques élémentaires . . . . . . . . . | | | | 1 | 40 |
| Imprévu . . . . . . . . . . . . . . . . . . | | | | 3 | » |

Totaux Elèves . . .     840

— Classes. . . 24

Les demi-pensionnaires seuls ayant besoin d'*études*, il pourrait y en avoir pour les

Petits. . . . . . . . . . . 3

Moyens. . . . . . . . . . 3

Grands . . . . . . . . . . 4

Total . . . . 10 études

En conséquence, avoir des classes d'études classiques depuis la sixième inclusivement.

Un nombre de classes correspondant, pour l'enseignement moderne, en relation avec ce qui existe déjà dans les autres établissements universitaires.

Réunir autant que possible les élèves classiques et modernes pour les cours de même nature (histoire, géographie, langues vivantes).

Pour l'enseignement moderne, créer en dehors des classes, des répétitions spéciales au but que l'on se propose.

Provoquer autant que possible entre les Français et les étrangers des conversations tantôt de langues étrangères, tantôt de langue française, d'où pourrait résulter un mutuel avantage.

Conserver la division usuelle entre les petits, les moyens et les grands.

Fixer provisoirement le chiffre des Enfants à huit cents environ, sur lesquels un tiers de demi-pensionnaires, et ce, comme prévision d'aménagement.

## ANNEXE N° 3

# MATÉRIEL

*Ces dépenses sont évaluées d'après les tarifs en usage au ministère de l'Instruction publique et qui paraissent être au-dessus de la réalité en raison des rabais que des adjudications pourraient produire.*

| | | |
|---|---:|---:|
| Proviseur et son secrétaire, cabinets de travail . . . | | 2.200 |
| Censeur, cabinet de travail . . . . . . . . . . . . | | 1.200 |
| Economat . . . . . . . . . . . . . . . . . . . | | 3.000 |
| Appartement du proviseur : | | |
| Salon . . . . . . . . . . . . . . . | 2.000 | |
| Chambre à coucher . . . . . . . . . | 1.000 | |
| — . . . . . . . . . | 1.000 | |
| — . . . . . . . . . | 600 | 6.000 |
| Salle à manger . . . . . . . . . . | 1.000 | |
| Cuisine . . . . . . . . . | 250 | |
| Antichambre. . . . . . . . . . . . . . . | 150 | |
| Appartement du censeur : | | |
| Salon . . . . . . . . . . . . . | 1.100 | |
| 2 Chambres à coucher . . . . . . . . | 2.000 | |
| Salle à manger. . . . . . . . . . . | 550 | 4.000 |
| Cuisine . . . . . . . . . . . . . . | 200 | |
| Chambre de domestique. . . . . . . | 150 | |
| Appartement de l'économe . . . . . . . . . . . | | 4.000 |
| Commis d'économat . . . . . . . . . . . . . | | 1.200 |
| 10 Chambres de maîtres. . . . . . . . . . . . . | | 2.250 |
| Lingère et infirmière, 2 Chambres . . . . . . . . | | 450 |
| Conciergerie . . . . . . . . . . . . . . . . . | | 500 |
| Pièce d'attente ou petit Parloir pour les parents. . . | | 1.600 |
| Pharmacie et pièce avec 2 lits (à titre d'infirmerie), y compris boîte à médicaments . . . . . . . . . | | 3.000 |
| Bibliothèque et collections scientifiques : | | |
| Bibliothèque générale. . . . . . . . . | 6.000 | |
| Bibliothèque des études. . . . . . . . | 3.000 | 12.000 |
| Armoires vitrées, etc. . . . . . . . . | 3.000 | |
| *A reporter*. . . . . . . . . . . | | 41.400 |

| | | |
|---|---:|---:|
| *Report* . . . . . . . . . . . | | 41.400 |
| Cabinets de chimie et de physique, et | | |
| d'histoire naturelle. . . . . . . . | 25.000 | 28.000 |
| Tables et Vitrines . . . . . . . . . | 3.000 | |
| Téléphone et sonneries électriques. . . . . . . . . | | 6.000 |
| Gradins, tables, chaires, tableaux, chaises, etc.; pour | | |
| 24 classes. . . . . . . . . . . . . . . . | | 36.000 |
| Cartes murales. . . . . . . . . . . . . . . | | 500 |
| 2 classes de dessin, à 1.500 francs . . . . . . . . | | 3.000 |
| Vestiaire et salle de réunion des professeurs. . . . . | | 1.200 |
| Études, 10 à 1.800 fr. . . . . . . . . . . . | | 18.000 |
| 10 literies de maître à 167 fr. . . . . . . . . . | | 1.670 |
| 10 tapis, etc. . . . . . . . . . . . . . . . | | 35 |
| 2 lavabos. . . . . . . . . . . . . . . . . | | 3.000 |
| Brocs, seaux, balais, etc. . . . . . . . . . . . | | 250 |
| Compteurs pour surveillance de nuit. . . . . . . . | | 500 |
| Literie des garçons, 15 à 167 fr. . . . . . . . . | | 2.505 |
| Lingerie. . . . . . . . . . . . . . . . . . | | 2.000 |
| Linge . . . . . . . . . . . . . . . . . . | | 2.500 |
| Réfectoires. . . . . . . . . . . . . . . . . | | 6.900 |
| Cuisines . . . . . . . . . . . . . . . . . . | | 5.900 |
| Gymnastique. . . . . . . . . . . . . . . . | | 3.000 |
| Imprévu. . . . . . . . . . . . . . . . . . | | 7.540 |
| TOTAL . . . . . . . . . . . . . | | 170.000 |

## ANNEXE N° 4

# Note sur la situation financière de la ville de Perpignan et sur la conversion de sa dette

La ville de Perpignan avait emprunté en 1885 :

|  |  |  |  |  |  |
|---|---|---|---|---|---|
| 970.000 fr. pour 24 ans. | Il reste dû | 741.903 42 |
| 770.000 » » 23 ans. | » » | 589.449 39 |
| 500.000 » » 33 ans. | » » | 433.868 29 |

TOTAL. 2.240.000 TOTAL restant dû au 31 juillet 1893  1.765.221 10

1° Ce capital de 1.765.221 fr. 10 a été déclaré remboursable en 42 ans, au taux de 4 %, amortissement compris, au moyen d'une annuité de . . . . . . . . . . . . . . .  86.116 52

L'annuité payée pour les trois emprunts, d'une durée plus courte, était de . . . . . . . .  153.715 60

L'économie annuelle réalisée est donc de. . .  67.599 08

Ce bénéfice sera destiné, avant toutes autres dépenses, à assurer le remboursement des emprunts, dans le cas où les recettes ordinaires ne suffiraient pas à couvrir l'annuité de 86.116 fr. 52.

2° Prorogation pendant quarant-deux ans, jusqu'en 1935, des 26 centimes additionnels votés pour gager les trois emprunts primitifs.

Leur produit servira à l'annuité de 86.116 fr. 52.

De plus, la ville de Perpignan emprunte  1.029.718 43 remboursables en 48 ans, à partir du 31 janvier 1895 pour . . . . . . . . . . .  489.088 43

Et en 46 ans, à partir du 31 janvier 1897, pour . . . . . .  540.630 »

1.029.718 43

Jusqu'au point de départ des annuités, les intérêts à 4% de ces emprunts, soit 105.000 fr., seront pris sur l'emprunt lui-même, soit à déduire . . . . . . . . . . .  105.000 »

Il restera disponible . . . . .  994.718 43

destinés à des travaux urgents, tels qu'égouts, musée, réparations au collège, cours secondaire de jeunes filles, école primaire ou supérieure de garçons, eaux, etc.

« Il n'était pas possible, en effet, de prélever sur les ressources ordinaires ou extraordinaires pour les annuités, à partir de la date des nouveaux emprunts; car, comme on va le voir, ces ressources étaient absorbées par les services d'autres emprunts plus anciens et qui ne s'amortiront qu'à l'époque précise où commenceront à courir les intérêts de l'emprunt de 1.029.718 fr. 43. De là, nécessité de prélever, sur le capital de l'emprunt lui-même, les premières annuités, afin de laisser libres les ressources gageant les anciens emprunts; dans le but, toujours, de ne pas créer de nouveaux centimes, même pour une période restreinte. »

Le dit emprunt de 1.029.718 fr. 43 sera réalisé à un taux ne dépassant pas 4.%, soit avec publicité et concurrence, soit de gré à gré, par voie de souscription avec faculté d'émettre des obligations au porteur et transmissibles par endossement, soit directement, soit auprès de la Caisse des Dépôts et Consignations, de la Caisse des Retraites pour la vieillesse ou du Crédit Foncier de France, aux conditions de ces établissements.

L'emprunt sera remboursé :

1° Pour la première partie de 489.088 fr. 43 en quarante-huit ans, à partir du 31 janvier 1895, au moyen d'une annuité prélevée sur les revenus ordinaires et servant de gage à un ancien emprunt de 250.000 fr., créé en 1880, jusqu'à cette époque, ci . . . . . . . . . . . . . . . . . . . . . . 23.000 »

2° Pour la deuxième partie de 540.630 fr., à partir du *31 janvier 1897*, en 46 ans, au moyen d'une annuité de . . . . . . . . . . . . . . . . . 26.000 »

prélevée sur les revenus ordinaires et servant de gage à un ancien emprunt de 500.900 fr., contracté en 1877 jusqu'à cette époque.

De plus, afin de compléter les ressources nécessaires au service des annuités de l'emprunt susdit, la ville de Perpignan proroge jusqu'en 1942 4 c. 2/10°, servant de gage à un autre emprunt de 180.000 fr. contracté en 1889 et expirant en 1908.

222-11-93. — VINCENNES. IMP. LUCIEN LÉVY, 2. RUE LEJEMPTEL.

www.ingramcontent.com/pod-product-compliance
Lightning Source LLC
Chambersburg PA
CBHW061604180626
46818CB00005B/1944

*9 7 8 2 0 1 4 5 1 9 6 6 2 *